⌂ the bears' school
꼬마 곰 재키의 생일 파티

글 아이하라 히로유키 그림 아다치 나미 옮김 송지혜

아울북

꼬마 곰 유치원의 꼬마 곰은 하나, 둘, 셋, 넷……. 모두 열두 마리.

오늘도 사이좋게 지내고 있어요.

열두 마리 꼬마 곰 가운데

첫째부터 열한째까지는 모두 남자예요.

아홉째는 피터, 열째는 허먼,

열한째는 로이에요.

휴우, 이제 오빠들의 이름을 다 알았네요.

막내인 열두째 재키는
하나뿐인 여동생이에요.
가장 어린 꼬마 곰 재키는
가장 장난꾸러기에다 고집쟁이.
그래도 가장 사랑스럽답니다.

오늘은 기다리고 기다리던 특별한 날. 재키의 생일날이에요.

오빠들은 멋진 생일 파티를 해 주려고

눈코 뜰 새 없이 바빠요.

디키, 알버트, 토피는 케이크를 만들어요.
폭신폭신 부드러운 빵을 굽고,
재키가 좋아하는 달콤한 생크림을 듬뿍 바르고,
새콤달콤 과일을 얹어요.

'우아, 맛있겠다!'

울리와 허먼은
생일 파티 장소를 꾸미느라 바빠요.
그늘막 아래에 무대를 만들고
꽃과 사탕으로 예쁘게 장식해요.

맥스와 버나드는 선물을 준비해요.

둥근 상자, 세모 상자, 네모 상자에

선물을 넣고 예쁘게 리본을 묶어요.

재키가 나중에 상자를 열면 정말 좋아할 거예요.

앤톤과 해리와 피터는
생일 파티에서 연주할 악기를 연습해요.
도도 레도 파파미 도도 레도 솔솔파.
(생일 축하합니다 ♪ 생일 축하합니다 ♪)

재키는 뭘 하고 있을까요?

옷이란 옷은 다 꺼내서 생일 파티에 입을 옷을 골라요.

'이 옷을 입을까? 저 옷을 입을까? 휴우.'

재키는 오빠들의 연극에도 끼어들어요.

"연극은 오빠들이 할 거니까 넌 재미있게 보기만 하면 돼."

로이가 말해도 소용없어요.

"내 생일이니까 내가 공주 할래!"

'휴우, 정말 못 말리겠네'

드디어 준비가 모두 끝났어요.

이제 곧 생일 파티가 시작될 거예요.

짠!

아주아주 커다란 생일 케이크에요.
촛불이 반짝반짝 빛나고
달콤하고 게다가 예쁘기까지 해요!

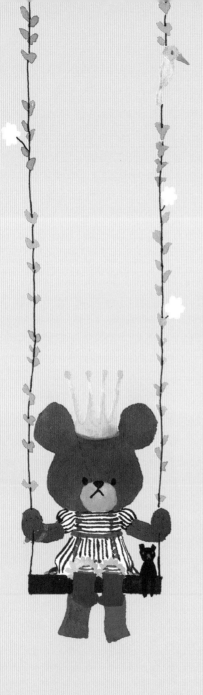

이제 그네를 탄 재키가
촛불을 끌 차례예요.
하나, 둘, 셋!

어, 재키가 왜 저러지요?
후들후들 화끈화끈.
너무 기쁘고 들떠서
열이 나는 것 같아요.

하지만 괜찮을 거예요.

오빠들이 있으니까요.

오빠들은 의사도 되고,

간호사가 되어 재키를 돌보아 주어요.

그런데, 어쩌죠?

좀처럼 열이 내리지 않아요.

오빠들은 걱정스러운 얼굴로 재키를 지켜보아요.

딩동! 딩동!

마침 그때, 초인종이 울려요.

재키에게 편지가 왔나 봐요.

재키에게

생일 축하해!
여름 방학이 되면 또 만나자.

새하얀 꼬마 곰 데이비드

"야호!"

재키의 얼굴에 환한 웃음꽃이 피어요.

너무 기뻐서 열도 다 내리고요.

데이비드의 편지가 재키에게

힘을 주었나 봐요.

정말 다행이에요.

자, 귀여운
우리 막내 재키!
이제 다시 생일 파티를
시작해 볼까요?

"재키, 생일 축하해!"

글 아이하라 히로유키

아이가 다니는 유치원 친구들을 보고 〈the bears' school〉 시리즈를 쓰기 시작하였습니다.
쓴 책으로는 《꼬마 곰 재키와 유치원》, 《꼬마 곰 재키와 빵집》, 《꼬마 곰 재키의 자전거 여행》, 《꼬마 곰 재키의 빨래하는 날》,
《꼬마 곰 재키의 생일 파티》, 《꼬마 곰 재키의 운동회》, 《내 이름은 오빠》, 《넌 동생이라 좋겠다》 등이 있습니다.

그림 아다치 나미

타마미술대학에서 공부하고 그림책 작가와 디자이너로 일합니다.
그린 책으로는 《꼬마 곰 재키와 유치원》, 《꼬마 곰 재키와 빵집》, 《꼬마 곰 재키의 자전거 여행》, 《꼬마 곰 재키의 빨래하는 날》,
《꼬마 곰 재키의 생일 파티》, 《꼬마 곰 재키의 운동회》, 《내 이름은 오빠》 등이 있습니다.

옮김 송지혜

부산대학교에서 분자생물학과 일어일문학을 전공했으며, 고려대학교 대학원에서 과학언론학을 전공했습니다.
현재 어린이를 위한 책을 쓰고 옮기고 있습니다. 《수군수군 수수께끼 속닥속닥 속담 퀴즈》, 《또래퀴즈 : 공룡 퀴즈 백과》, 《매직 엘리베이터: 바다》 등을 쓰고,
《어린이를 위한 미움 치방》, 《괴물의 집을 절대 열지 마!》, 《호기심 퐁퐁 자연 관찰. 나비의 한 살이》, 《깜짝깜짝 세계 명식 밥냅묵 삼자는 숲속의 공주》 등의 책을 옮겼습니다.

⌂ the bears' school

꼬마 곰 재키의 생일 파티

글 아이하라 히로유키 그림 아디치 나미 옮김 송지혜

1판 1쇄 인쇄 2024년 8월 27일
1판 1쇄 발행 2024년 9월 9일

펴낸이 김영곤 **펴낸곳** ㈜북이십일 아울북
TF팀 김종민 신지예 이민재
출판마케팅영업본부장 한충희 **마케팅3팀** 정유진 백다희 **출판영업팀** 최명열 김다운 권채영 김도연
편집 꿈틀 이정아 **디자인** design S **제작 관리** 이영민 권경민

출판등록 2000년 5월 6일 제406-2003-061호
주소 (우 10881) 경기도 파주시 문발동 회동길 201
연락처 031-955-2100(대표) 031-955-2709(기획개발)
팩스 031-955-2122 **홈페이지** www.book21.com

ISBN 979-11-7117-723-3   **ISBN** 979-11-7117-710-3 (세트)

the bears' school
Jackie's Birthday
Copyright ⓒ BANDAI
First published in 2005 in Japan under the title Kumano Gakkou Jackie no Otanjoubi by
arrangement with Bronze Publishing Inc., Tokyo. All right reserved.

Korean translation rights ⓒ 2024, Book21 through BANDAI KOREA
이 책의 한국어판 저작권은 BANDAI와의 독점 계약으로 북21에 있습니다.
저작권법에 의하여 보호받는 저작물이므로 내용의 무단 선새와 복세를 금합니다.

＊잘못 만들어진 책은 구입하신 서점에서 교환해 드립니다.

KC
· 제조자명: (주)북이십일
· 주소: 경기도 파주시 회동길 201(문발동)
· 전화번호: 031-955-2100
· 제조연월: 2024. 9. 9.
· 제조국명: 대한민국
· 사용연령: 3세 이상 어린이 제품